AF633578

Gegenständliche Geschichten 2

[...Konkretes für Freunde des Absurden...]

von Diana Rudnitzki

Rote Rudnitzki Reihe ⇒ Literarische Tapas für die ganze Familie...

Bisher erschienene Leckerbissen / very important books [vibs]:

Trilogie - Malbücher für Erwachsene [vib 1-3]

vib 1: Heisse Striche	ISBN 3-8311-0188-4
vib 2: Heisse Striche II	ISBN 3-8311-0281-3
vib 3: Heisse Striche III - für jeden Anlaß	ISBN 3-8311-0488-3
vib 4: Alle Wege fliegen nach Mainz	ISBN 3-8311-0646-0
vib 5: Mensch Du kannst mich mal... erraten	ISBN 3-8311-0860-9
vib 6: Konfuses Welt	ISBN 3-8311-0923-0
vib 7: Arbeitswelten	ISBN 3-8311-0819-6
vib 8: Arbeitswelten 2	ISBN 3-8311-1113-8
vib 9: Scharaden der Liebe	ISBN 3-8311-1206-1
vib 10: Moderne Paten	ISBN 3-8311-1338-6
vib 11: Kinder sind eine Brücke zum Himmel	ISBN 3-8311-1608-3
vib 12: Gegenständliche Geschichten	ISBN 3-8311-1600-8
vib 13: SeelenRuhig	ISBN 3-8311-1801-9
vib 14: Alter Ingwer ist der schärfste	ISBN 3-8311-1800-0
vib 16: POETiCA EROTiCA	ISBN 3-8311-2134-6
vib 17: männER... das herVORragende geschlecht	ISBN 3-8311-2180-X

Books on Demand GmbH, 2001.

ISBN 3-8311-1990-2

>>Gegenständliche Geschichten 2<<
[...Konkretes für Freunde des Absurden...].
Mainz 2001.
vib 15 ['very important books'/Band 15 der Roten Rudnitzki Reihe]
Idee & Text & Illustrationen: Diana Rudnitzki

Das Werk einschließlich all seiner Teile ist urheberrechtlich geschützt. Jede Verwertung ist ohne Zustimmung der Autorin unzulässig. Dies gilt insbesondere für Vervielfältigungen, Übersetzungen, Mikroverfilmungen und die Einspeicherung und Verarbeitung in elektronischen Systemen.
Copyright © 2001 für alle Rechte bei Diana Rudnitzki.

Inhalt

Die folgenden Geschichten sind fiktiv. Ähnlichkeiten mit irgendwem oder irgendwas sind rein zufällig und liegen im Auge des Betrachters.

Ökoglücklich

Jeden Morgen die gleiche Prozedur. Los, schnell, schnell... Toastbrot rein. Hebel runter. Verbissen vor sich hin kokeln. Hebel rauf. Brot raus. Butter, Margarine, Honig, Marmelade, Quark, Nuß- oder Schokocreme drauf. Runterschlingen. Das wars. Kein Ritual. Kein bißchen Eßkultur. Das war die Hölle für ihn. Toastbrot aus Weißmehl. Toastbrot aus unglücklichem Weizen. Er konnte nicht anders, als sich schuldig fühlen.

Er wurde dazu mißbraucht, die brutale Massenweizenhaltung ungewollt mit zu unterstützen. Obwohl er ein unschuldiger Toaster war, der liebend gerne immer nur Vollkorntoast aus glücklichen Zutaten getoastet hätte. Dabei hatte man ihn sogar als solchen angepriesen. Im Haushaltswaren-Geschäft. Als ganzheitlichen Ökotoaster mit besonders schonender Grillfläche. Für alle vitaminreichen Brot- und Gemüsesorten. Zum Toasten, Grillen und Garen.

Aber nein. Man mißbrauchte ihn als ordinären Toaster. Für Toastscheiben aus Weißmehl, die total cool taten und nur Slang sprachen, den er nicht verstand. Wäre er ein bißchen gemeiner veranlagt gewesen, hätte ihm das Toasten dieser Scheiben vielleicht sogar Spaß machen können. Aber er war nicht gemein veranlagt. Sondern engagiert. Und es brach ihm fast sein ÖkoToasterHerz, daß er mit dazu beitragen mußte, Lebensmittel herzustellen, die keine spürbare Seele mehr hatten, und die er nicht mit seinem ÖkoToasterGewissen vereinbaren konnte.

Nein, er war kein Fast-Food-Toaster. Und er wollte auch zu keinem mutieren. Er dachte einige Zeit angestrengt nach, holte sich einige Broschüren aus ökologisch unbedenklichen Beratungsstellen und prüfte das auf Altpapier gedruckte Informationsmaterial sorgfältig.

Als er alles gelesen hatte, stand seine Entscheidung fest. Er schnürte sein Kabel und machte sich auf den Weg zum nahegelegenen Ökobauernhof. Klopfte an der Stalltür und bot seine Arbeitskraft als Ökotoaster an. Man bot ihm zwar nicht so viel Gehalt wie zuvor, dafür aber Bio-Vollkost, Logis und Familienanschluß.

"Endlich zuhause", freute sich da der mutige Ökotoaster und begutachtete seine kleine Kemenate über dem dampfenden

2001

und duftenden Schweinestall, der voll von glücklichen Säuen und quiekenden Ferkelchen war.

Am Abend lud man ihn gleich zum geselligen Beisammensein ein. Und er brauchte nicht lange, um sich wohlzufühlen. Er schaute in die Runde und war glücklich. Da war Bernhard, das gitarrespielende Vollkornbrötchen. Und Anke, das strickende Sojaschnitzel. Sowie Knut, der betende Dinkelburger. Und er spürte, daß sie ihm alle in so kurzer Zeit schon so wahnsinnig ans Herz gewachsen waren, daß er sich ein Leben ohne sie kaum vorstellen konnte.

Und während er mit seinen neuen Freunden am Lagerfeuer saß und nach Lust und Laune alte Weisen schmetterte, konnte er nicht anders, als sich das erste Mal in seinem Leben so richtig mega-giga-ökoglücklich zu fühlen...

Redliche Rhetorik

Seine Karriere verlief traumhaft. Man mochte und schätzte es und förderte es auch dementsprechend. Entdeckte es auf einer Nachwuchsveranstaltung. Holte es schnurstracks in den Ortsverband. Dann in den Kreisverband. Wenig später in den Landesverband. Und schließlich in den Bundestag.

Darüber war es sehr glücklich, da es sich auf dem rechten Weg - nämlich dem einzig möglichen zu Aufrichtigkeit und Wahrhaftigkeit - wähnte und die Welt verbessern wollte. Seine Eltern waren sehr stolz und sein Freundeskreis wurde immer größer. Geradezu unüberschaubar. Jeder wollte mit ihm reden und jeder wollte in seiner Nähe sein.

Und warum? Weil es soviel wußte.

Es bewegte sich in den Kreisen der sogenannten politischen Macht und wirkte deshalb auch selbst sehr mächtig. Obwohl es ihm darum nicht ging, war es sehr froh, auf diese Weise möglichst viele Menschen zu erreichen. Denn es wußte, wer ganz Großes schaffen wollte, mußte viel Überzeugung und Unterstützung im Rücken haben.

So vergingen die Jahre und es erledigte seinen Job, so gut es konnte. Diente als Sprachrohr für die einen und die anderen. Ließ jeden zu Wort kommen. Hörte genau zu. Übersetzte und vermittelte. Nahm jedes Argument ernst. Konzentrierte sich auf jedes einzelne Wort. Nahm sich vor, unparteiisch zu sein. Versuchte, alles zu verstehen und zu tolerieren. Wurde niemals ungeduldig oder frech. Freute sich über das spürbare Engagement der Redner, selbst wenn es bespuckt wurde. Dachte auch abends noch über das Gehörte und Gesagte nach und setzte sich in seiner kargen Freizeit für das Gemeinwohl ein.

Und erkannte erst spät, daß nicht alle so idealistisch zu sein schienen wie es selbst. Ganz im Gegenteil. Auf einmal hörte es in den Debatten auch Untertöne, die ihm gar nicht gefielen. Manchmal kam es ihm fast so vor, als ginge es lediglich um gegenseitige Anschuldigungen und berechnende Meinungs- und Stimmungsmache. Um falsche, da nicht einzuhaltende Versprechungen und geradezu gemeine Lügen. Um Intrigen, Kampagnen und Stammtischparolen. Und noch einiges mehr, das vom eigentlichen Problem - dem Mangel an Substanz -

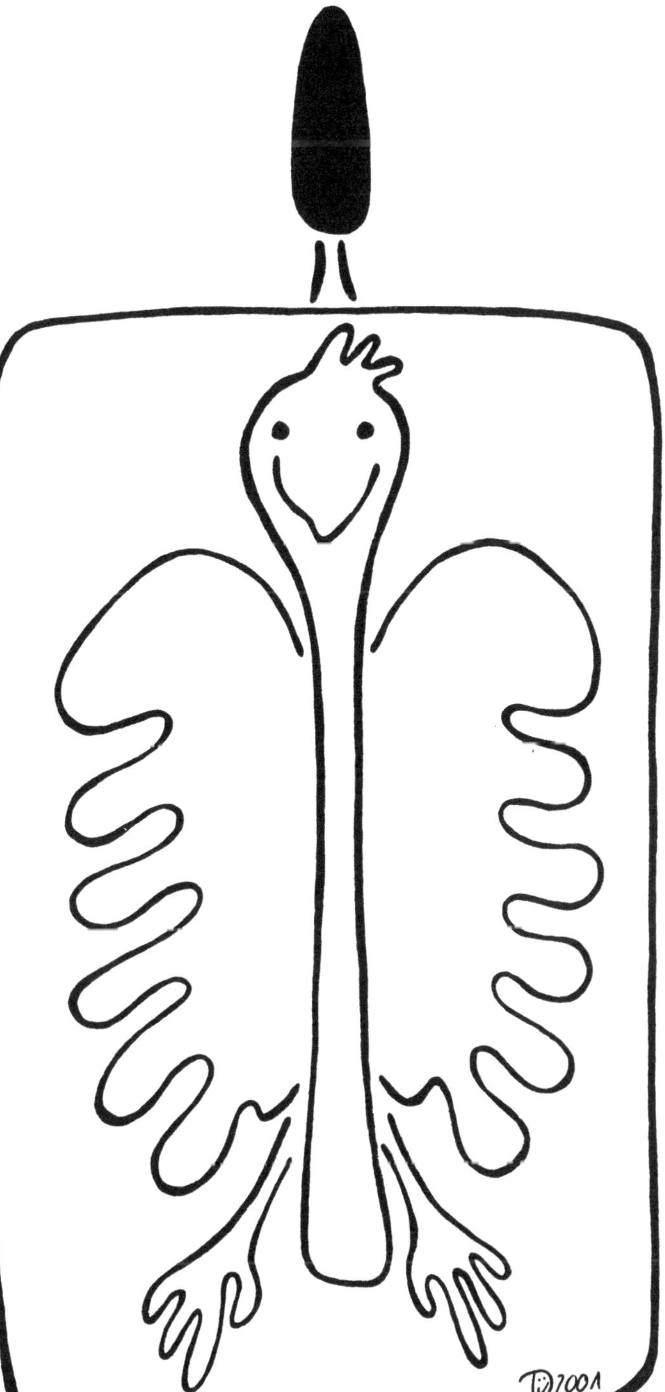
2001

wohl ablenken sollte. Als ihm das bewußt wurde, war es sehr enttäuscht. Denn es fühlte sich benutzt und seine Ideale verraten.

"Warum soll ich eigentlich weiter als Sprachrohr für etwas dienen, woran ich in dieser Form nicht mehr glauben kann?" fragte sich da das Bundestagsmikrophon, kündigte seinen Job und gründete eine Schule für Redliche Rhetorik.

Und obwohl es aufgrund seiner Branchenkenntnis auch Kurse für Politiker anbot, die sogar gut besucht wurden, ging kein spürbarer Ruck durch die stilblütige politische Landschaft. Die Rückfallquote in konditionierte rhetorische Muster war einfach zu hoch. Pawlow sei Dank!

Zur richtigen Zeit...

Am richtigen Ort fand er sich nicht gerade wieder. Zwischen diversen transpirierenden Etwassen ohne Stil und Benehmen. Hier wurde gerülpst. Da wurde gefurzt. Absolut nicht seine Welt. Dunkel. Fensterlos. Kellerlochmäßig. Auffanglagermäßig. Provisorisch wirkend. Aber in Wirklichkeit buchhalterisch geordnet. Auf jeden Fall nichts für ihn...

Er war es gewohnt, daß man ihm die Tür aufhielt. Ihn nach seinem Befinden befragte. Ihm einen Aperitif reichte. Und später einen Digestif. Aber hier konnte er wohl auf beides warten, bis er schwarz wurde... Wie man so allgemein sagte... Unpassenderweise. Er war bereits schwarz.

Elegant. Minimalistisch. Ein besonderes Stück. Aber das half ihm hier und jetzt auch nicht viel weiter. Tatsache war: Er befand sich im Fundbüro des Flughafens, weil sein Herrchen ihn einfach liegen gelassen hatte. Schwarzer NobelTimer auf schwarzem Grund erster Klasse. Bei genauerem Nachdenken eigentlich kein Wunder. Daß das nicht schon viel früher passiert war... Sein Chef war vielbeschäftigt. Und er selbst war eher unauffällig. Auf dunklen Sitzen im Flieger leicht zu übersehen. Eben filofaxig. Palmig. Die typisch gewünschte und georderte Geschäftswelt-Kombination.

Die hier im Fundbüro niemanden beeindruckte. Wie er sehr bald feststellen mußte. Hier wurde er einfach nur geschnappt. In eine Kiste mit anderen Terminkalendern geworfen. Und schlichtweg vergessen. Hier spielte weder seine Abstammung, noch sein Preis eine Rolle. Hier war er ganz auf sich allein gestellt. Beziehungsweise auf sich allein abgelegt. Mittendrin. Reingelegt. Zwischen abgefingerte, speckige Geldbörsen und zerfledderte Kalender.

Hier war man Timer. Hier konnte man sein. Wenn man es denn schaffte. Aus sich selbst heraus. So schlimm wie im Knast. Stellte er sich vor. Hier hatten die ersten, die frei- oder unfreiwillig gekommen und geblieben waren, auch das Sagen. Immer. Unumstößlich. Unantastbar. Lex Fundbüro. Was keiner der Insassen wagte, jemals anzuzweifeln.

Jede Schublade, Nische und Kiste erlebte ihre besonderen Eifersüchteleien und Hierarchiekämpfe. Regenschirm versus Spazierstock. Hut versus Trenchcoat. Schlüsselbund versus

Aktenkoffer. Hochzeitskleid versus Zylinder. Dritte Zähne versus jugendliche Zahnspange. Dieses Prinzip durchschaute er schnell.

Träumte er in seiner ersten Nacht im Fundbüro noch von dem Glamour und den wilden Parties seines bisherigen Lebens. Und den jungen, aufreizenden, miniberockten Assistentinnen der erfolgreichen Manager. Und den prickelnden Cocktails mit bunten Schirmchen auf weitblickenden Penthouseterrassen. Und den coolen Gesprächen mit anderen EdelTimern. Und den wilden Fahrten in sportlichen Cabriolets. Und den heißblütigen Nächten danach...

So träumte er bald von der Ruhe und Abgeschiedenheit eines adäquaten Alterswohnsitzes in der Toskana oder Provence. Während die Tage, Wochen und Monate vergingen. Wie in Trance. Wie in einer Traumwelt. Wie in Trance in einer Traumwelt im Fundbüro am Flughafen. Tage, Wochen und Monate, in denen sein Nobelherrchen ihn nicht abholte. Nein. Sich noch nicht einmal nach ihm oder seinem Befinden erkundigte. Er war zutiefst enttäuscht, aber das half ihm jetzt auch nicht weiter.

Als er schließlich merkte, daß ihm ein Vollbart gewachsen war, blickte er den Tatsachen klaren TimerGeistes ins Auge und akzeptierte, daß weder sein früheres Herrchen, noch die Rentenanstalt mit Fokus 'Mediterrane Vollzeitentspannung' jemals etwas für ihn tun würden.

Dann, aber erst dann, fügte er sich in sein neues Schicksal als AllerweltsTimer im Fundbüro. Zog sich ein weißes Feinripp-Unterhemd über. Machte es sich mit einem Export und einer scharfen Currywurst vor der Glotze gemütlich. Stammtischte fett mit seinen neuen KalenderKumpels. Legte seinen Arm lässig um seine heiße SchlüsselBraut. Fragte sich ernsthaft, warum er sich früher eigentlich dermaßen den Allerwertesten aufgerissen hatte. Und freute sich diebisch darüber, zur richtigen Zeit am richtigen AnkunftsOrt liegengeblieben zu sein...

Grenzenlose Tuchfühlung

Sie sahen sich nur einmal ganz kurz. Im Flur. Zwischen Tür und Angel. Zwischen Schrank und Haken. Zwischen Stange und Bügel. Und schon war es heftigst um sie geschehen. Beide dachten fortan nur noch fieberhaft darüber nach, wie sie sich wiedersehen, kennenlernen und näherkommen könnten. Sie fragten Familie und Freunde. Bekannte und Kollegen. Versuchten auf diese und jede Menge anderer Weisen, mehr voneinander zu erfahren. Aber das gestaltete sich schwierig, denn es gab ein Problem: Sie hingen in zwei verschiedenen Kleiderschränken, die absichtlich nichts miteinander zu tun hatten.

Sie gehörte zum auserlesenen Clan der sündhaft teuren Designer-Abendkleider und er gehörte zum einfachen Clan der NoName-Latzhosen. Sie verbrachte ihre üppige Zeit auf glamourösen Abendveranstaltungen. Er verdiente sein karges Auskommen, indem er mit seinen zwei Hosenbeinen fest auf der Erde stand und von morgens bis abends schweißtreibend malochte.

Keine gute Kombination, wie beide Clans beschlossen. Doch da echte Liebe bekanntlich nicht aufzuhalten ist, fanden auch die beiden Jungverliebten eine Möglichkeit, sich heimlich zu treffen. Und zwar zwischen den weichen Handtüchern in der Waschküche. Jede Nacht um punkt halb eins, wenn der Rest des Hauses tief und fest am Schnarchen und Schlafen war. Dann schmusten sie zwischen den Handtüchern, die so taten, als würden sie nichts mitbekommen. Und die ihrerseits die Gelegenheit nutzten, in ihren eigenen Jugenderinnerungen zu schwelgen.

Doch irgendwann kam der Tag, an dem das Abendkleid und die Latzhose von ihren jeweiligen Clans vor die ultimative Wahl gestellt wurden: Entweder. Oder. Entweder Entsagung. Oder Altkleidersammlung. (Denn komischerweise waren alle noch so verfeindeten Clans dieser Welt sich in Fragen der Bestrafung - übrigens branchenunabhängig - sehr einig. So auch hier!) So daß den beiden verliebten Kleiderseelen nichts anderes übrig blieb, als zu fliehen. Und sich ein neues Leben aufzubauen.

Ihr Weg führte sie erstmal nach Mailand und Paris. Wo zwar das Designer-Abendkleid akzeptiert und bewundert wurde, nicht aber die NoName-Latzhose. Dann führte ihr Weg sie in den Ruhrpott. Dort fand zwar die Latzhose Arbeit, nicht aber das Abendkleid. Also zogen sie wieder weiter. Sie schliefen unter Brücken und wärmten sich aneinander. Und beteten zum lieben Kleidergott, daß er ihnen helfen und ein Zeichen geben möge.

Und tatsächlich. Eines Tages kam ihnen die rettende Idee. Sie legten all ihre Begabungen, Kenntnisse, Hoffnungen und guten Gefühle zusammen und eröffneten einen Second-Hand-Laden für alle erdenklichen Kleider. Und bei der Eröffnung mit dem vielversprechenden Namen 'one world - one family' war das Abendkleid bereits achteinhalb Monate lang guter Hoffnung.

Da die Liebe bekanntlich in der kleinsten Hütte zu Hause ist, wollten die Zwillinge in seinem Bauch nun auch nicht mehr länger warten. Das Abendkleid bekam heftige Wehen und wurde von seiner besorgten Latzhose sofort ins Krankenhaus gebracht. Und während die tapfere Mama Abendkleid die beiden heißersehnten Zwillingslatzhosenröcke wohlauf zur Welt brachte, kippte Papa Latzhose aus den Latschen. Direkt

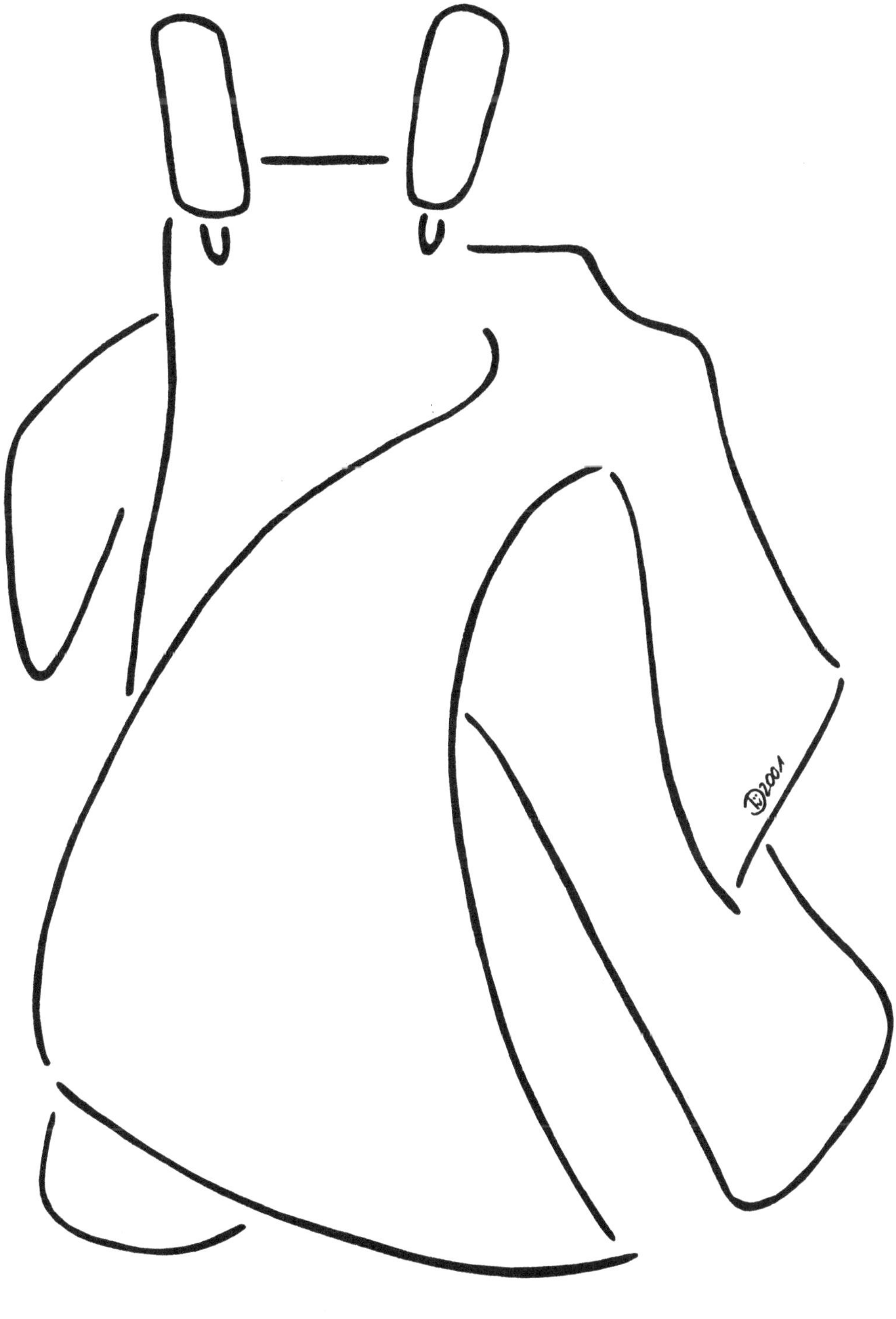
2001

in die Ohnmacht. Aus überbordender Begeisterung. Denn es war unverkennbar, daß die beiden Nachkommen auch stark nach ihm kamen. Sie verfügten über kräftige Träger und stämmige Hosenbeine. Und nur, wenn es auf Tuchfühlung ging, kam die zarte Chiffonhaut der Mutter durch...

Als das Abendkleid und die Latzhose sich nach Jahrzehnten fröhlich und glücklich in den wohlverdienten Ruhestand zurückzogen, führten die Kinder das Geschäft liebend gern weiter. Denn es war der einzige Laden im ganzen Land, bei dem weder die Farbe, noch die Form, noch die Herkunft, noch die Religion, noch das Geschlecht oder etwa die sexuelle Vorliebe eine Rolle spielten.

Hier war man Kleid.

Oder Hose. Oder Mantel. Oder Jacke. Oder Pullover. Oder Hemd. Oder Bluse. Oder Kostüm. Oder Anzug. Oder Kaftan. Oder Kilt. Oder Sari. Oder Turban...

Hier durfte man sein.

Auf die inneren Werte kommt es an

Wenn er einen Raum betrat, fielen die anwesenden Frauen reihenweise in Ohnmacht. Oder sie stießen spitze Schreie der Verzückung aus. Oder sie hielten ihren Töchtern die Augen zu, während ihre Münder den altbekannten Satz 'dafür bist du noch zu jung' formten.

Er erregte Aufsehen. Ohne es zu wollen. Denn eigentlich war er sehr schüchtern. Und nichts war ihm unangenehmer, als im Mittelpunkt zu stehen. Seine Kollegen machten sich deshalb immer lustig über ihn. Nannten ihn den handzahmen Casanova. Oder den verschämten Macho. Während sie ihre Knackigkeit ungeniert zur Schau trugen. Flirteten. Und nichts anbrennen ließen.

Dabei sehnte er sich doch nur nach einer Partnerin, die ihn wirklich liebte. Nicht wegen seines Aussehens, sondern wegen seiner inneren Werte. Aber davon wollten die jungen Frauen heutzutage nichts mehr wissen. Sie machten ihn heiß. Und waren nur an One-Night-Stands interessiert. Jedesmal, wenn er danach mit Rosen, Briefen oder Pralinen vor ihrer Tür stand, wollten sie von der vergangenen Nacht nichts mehr wissen. Bevor sie ihm dann endgültig die Tür vor der Nase zuschlugen, gabs noch einen Quickie auf der Kommode im Flur. Und danach die fiese Bemerkung, daß er zwar verdammt sexy aussehen würde, aber sonst leider ein hoffnungsloser Softie sei.

Nach solchen Erlebnissen schlich er bedröpselt nach Hause, war traurig, daß niemand seine inneren Werte anerkennen wollte, und konnte nicht glauben, daß alle Frauen sich nach Arschlöchern sehnten, die sie schlecht behandelten.

Um besser zu verstehen, was in der weiblichen Seele vor sich ging, kaufte er einen Riesenstapel Frauenzeitschriften und las sie genau durch. Nahm in Cafés neben Tischen Platz, an denen nur Frauen saßen, und lauschte ihren Gesprächen. Zog sich täglich sämtliche Soaps rein. Unterhielt sich ausgiebig mit FrauenbeauftragtInnen und las Frauenliteratur. Besuchte jede Menge Chats im Internet und korrespondierte nur mit Frauen. Und obwohl sie alle vom sehnlichen Wunsch nach der großen Liebe fürs Leben sprachen, ließen sie sich von ihren Freunden und Männern schlecht behandeln.

Das konnte er nicht verstehen. Und leider auch nicht ändern. Also fing er an, sich mit dieser Watzlawickschen Anleitung zum Unglücklichsein abzufinden.

"Na gut. Wenn meine inneren Werte für die meisten Frauen ausscheiden, weil sie unbedingt traurig und unglücklich sein wollen, werde ich ihnen ihre Wünsche eben so gut und so oft wie möglich erfüllen", dachte sich da der knackige, sexy Männerhintern, benahm sich ab sofort wie ein Arsch, gönnte sich zehn Mädels an jeder Pobacke und wurde heiß und innig geliebt.

Schönheitsideal

Geboren wurde es als einfaches Freizeitdamenfahrrad mit breiter Sitzfläche. Leider in einer Zeit, in der einfache Freizeitdamenfahrräder mit breiter Sitzfläche gerade gar nicht in Mode waren. So konnte sich sein Selbstwertgefühl nicht ausreichend entwickeln. Und es träumte immerzu, ein schlankes Leichtmetallrad zu sein.

Was natürlich nicht von heute auf morgen möglich war. Wenn überhaupt. Bereits vor der Pubertät begann das einfache Freizeitdamenfahrrad mit breiter Sitzfläche intensiv damit, sich die Pfunde mühsam runterzuhungern. Erst mit Diäten. Später mit bulimischen und magersüchtigen Anfällen.

Doch auch das half nicht. Ganz im Gegenteil. Es fand sich selbst immer häßlicher und dicker, obwohl es immer magerer wurde. Natürlich sah es auch nach den Diäten und den bulimischen und magersüchtigen Anfällen nicht aus wie ein Leichtmetallrad. Sondern wie ein von Diäten und bulimischen und magersüchtigen Anfällen gebeuteltes, einfaches Freizeitdamenfahrrad mit breiter Sitzfläche.

Das noch dazu sehr krank und unglücklich wirkte. Doch statt sich hausärztlichen oder psychologischen Rat einzuholen, dokterte das von Diäten und bulimischen und magersüchtigen Anfällen gebeutelte, einfache Freizeitdamenfahrrad mit breiter Sitzfläche allein weiter. Und schaute sich mit großem Interesse die vielen Reportagen und Fotos von glücklich lachenden Fahrrädern an, die durch Schönheitsoperationen angeblich so fröhlich und glücklich geworden waren.

"Was die können, kann ich schon lange", dachte sich da das von Diäten und bulimischen und magersüchtigen Anfällen gebeutelte, einfache Freizeitdamenfahrrad mit breiter Sitzfläche. Und entschied sich für eine glücklichmachende Schönheitsoperation. Bißchen Silikon. Bißchen Fett absaugen. Und eine kleine Korrektur am Lenker. Und tatsächlich, nach der Operation fühlte es sich viel besser und schöner. Und schon fast wie ein Leichtmetallrad.

Aber eben nur fast. Irgend etwas stimmte noch nicht ganz. Vielleicht war es die Farbe? Oder der fehlende Schmuck? Da kam es ihm gerade recht, eine Anzeige von einem Tattoo- und Piercingstudio zu sehen. Und machte sich gleich auf den Weg.

Ließ sich alles genau zeigen. Entschied sich schließlich für ein Permanent-Make up auf der nicht mehr breiten Sitzfläche. Ein Pedalenpiercing. Und ein Rosentattoo am Rücklicht.
Und siehe da. Jetzt fühlte es sich wirklich so schön wie ein Leichtmetallrad und freute sich und lachte wieder und war sehr zufrieden und glücklich. Bis es die In- und Out-Liste der neuen Lifestylezeitschrift durchblätterte und sehen mußte, daß Leichtmetallräder den Daumen nach unten, und einfache Freizeitdamenfahrräder mit breiter Sitzfläche den Daumen nach oben hatten.
Da bekam es einen Nervenzusammenbruch, fing hysterisch an zu klingeln, bis die Nachbarn an die Decke klopften und war auf einmal gar nicht mehr zufrieden und glücklich. Wehmütig holte es seine vielen Fotoalben aus dem Schrank und weinte seiner jugendlichen Schönheit als einfaches Freizeitdamenfahrrad mit breiter Sitzfläche nach. Das ging mehrere Abende lang so. Und kostete viel Kraft und Nerven. Auch die Nachbarn.
Aber da alles ja irgendwie weitergehen muß, fing auch das unglückliche Fahrrad an, über seine Zukunft nachzudenken.

Und kam zu dem Schluß, daß seine Situation gar nicht so aussichtslos war.

"Was solls", dachte sich das ehemals einfache Freizeitdamenfahrrad mit breiter Sitzfläche, das heute ein gestyltes, operiertes, gepiercetes, tätowiertes, permanent-make-uptes Pseudo-Leichtmetallrad war. "Jetzt bin ich, wie ich bin, und jetzt bin ich o.k." Und erkannte seine Chance als Kunstwerk in Bewegung.

Es machte sich auf den langen Weg quer durch die Republik, klopfte an der Tür des wohl prominentesten Performance-Künstlers, bot sich als ästhetisches Objekt an und wurde schnell der wichtigste Teil einer Installation mit dem Titel 'Im Räderwerk der Schönheit', die Weltruhm erlangte.

Und viele junge Fahrräder davon überzeugte, daß die eigene Schönheit etwas ist, das man nicht in Lifestylezeitschriften mit nach oben oder unten gedrehten Daumen findet, sondern allein in sich selbst.

2001

Zuckersüß

Sie lagen gemeinsam in einem Korb im lecker dekorierten Schaufenster und hatten nur Augen füreinander. Sie fanden sich sofort zuckersüß und zum Anbeißen. Flirteten den ganzen Tag miteinander, achteten aber darauf, daß niemand in der Bäckerei was davon merkte. Denn dann hätte man sie sofort getrennt und sie hätten sich nie wieder gesehen. Nein. Sie mußten aufpassen. Unauffällig rumliegen. Und im richtigen Augenblick zur Seite rollen.

Und zwar immer dann, wenn die große, rosafarbene Hand der Bäckereifachverkäuferin in ihren Korb griff, um eins von ihnen rauszuzerren, unsanft in eine Papiertüte zu stopfen und kaltblütig an Fremde zu verkaufen. Für Pfennigbeträge. Als seien sie nur ein wertloses Stück Teig. Nein, so wollten sie beide nicht enden. So würdelos. Und ohne Liebe. Nein. Das Schicksal hatte sie in diesem Korb zusammengeführt und hielt anderes für sie bereit.

Nur was?

Was konnten sie anderes erwarten?

Ihre Kollegen lagen einfach nur herum, dösten und ertrugen ihr Los mit stoischer Ruhe. Ihnen schien die Vorstellung, bald in fremden Wohnungen auf fremden Tellern zu liegen, um schließlich in fremden Mündern und Mägen zu enden und in Kaffee zu ertrinken, keine Angst zu machen.

Ihnen beiden schon.

Sie waren doch noch so jung. Frisch. Knackig. Wohlriechend. Hatten erst heute Morgen das Licht der Backstubenwelt erblickt. Und wenige Stunden später sollte einfach alles aus und vorbei sein? Ohne Höhepunkt?

Da sie sich nicht unterhalten konnten, ohne aufzufallen, kommunizierten sie wortlos. Schenkten sich innige Blicke und Gesten. Entwarfen einen ausgeklügelten Plan und legten jede Bewegung minutiös fest. Nahmen sich vor, keine Sekunde zu viel verstreichen zu lassen, sondern sofort zu handeln, wenn der Augenblick günstig war.

Und wirklich.

Am späten Nachmittag, als die Bäckereifachverkäuferin schon etwas müde war und kurz ins Hinterzimmer ging, um eine zu rauchen, nutzten die beiden die gute Gelegenheit.

Hüpften aus dem Korb, witschten blitzschnell zur Ladentür raus und kugelten Richtung Stadtpark.
Dort setzten sich das süße Kirschstreuselstückchen und das üppige Quarkteilchen auf eine Bank, die unter einem großen Baum mit herabhängendem Mistelzweig stand, schauten sich tief in die teigigen Augen, summten 'love me like theres no tomorrow', schworen sich ewige Treue und vernaschten sich, bis kein Krümelchen mehr übrig war.

Sonnenanbeterin

Sie lebte das ganze Jahr über in einer Garage. Und hing quasi in der Luft. Befestigt an zwei kräftigen Haken. Im Dunkeln. Nur hier und da lugten Sonnenstrahlen durch die Schlitze des grauen Garagentors. Doch sie war nicht allein. Sie hatte viele Kollegen. Alle hingen und baumelten akkurat in der Luft. Bei ihrem Nachbarn zur Linken handelte es sich um einen Spaten. Bei ihrer Nachbarin zur Rechten um eine Harke. Die beiden flirteten immerzu über ihren Kopf hinweg.

Da sie nur im Winter bei heftigem Schneefall zum Einsatz kam, war sie keine besonders aufregende Unterhalterin. Ihr Erfahrungshorizont beschränkte sich ausschließlich auf die Konsistenz von Pulverschnee, Pappschnee und Schneematsch. Über die übrigen Jahreszeiten wußte sie fast gar nichts und konnte deshalb auch nur andächtig und sehnsüchtig lauschen, wenn ihre Kollegen sich über Frühling, Sommer und Herbst unterhielten. Von Sonne, Wasser, Erde und Sand erzählten.

Glücklicherweise verfügte sie über jede Menge Phantasie. Was ihr gerade dann zugute kam, wenn sie alleine an ihren zwei Haken in der Garage hängenbleiben mußte, während die anderen draußen im grünen Garten ihrer jeweiligen Arbeit nachgingen. Oder bei einem dunklen Hefeweizen miteinander stammtischten. Über das Wetter. Im Frühling, Sommer und Herbst. Oder miteinander flirteten. Wie Spaten und Harke. Dann stellte sie sich einfach vor, wie Sonne, Wasser, Erde und Sand sich wohl anfühlten.

Nicht ohne Wirkung.

Mit der Zeit entwarf sie sich ein Leben außerhalb ihres Garagenlebens. In diesem Parallel-Leben war die Sonne ihre Mutter. Wärme und Urvertrauen inklusive. Das Wasser wurde zum aufregenden Liebhaber. Lebenselixier inklusive. Erde und Sand waren ihre Geschwister, mit denen sie wild herumtollte und kuschelte. Trösten inklusive.

Diese traumhaften Vorstellungen halfen ihr auch während der harten Winterzeit. Wenn sie morgens um fünf Uhr unsanft von ihren zwei Haken genommen, nach draußen gezerrt und in den kalten Schnee gedrückt wurde. Während Spaten, Harke und alle anderen Kollegen in der warmen Garage bleiben und sich nochmal umdrehen konnten.

Dann hieß es Augen zu und durch. Schritt um Schritt, Meter um Meter kämpfte sie dann mit dem weißen Schnee, der nicht einfach nur pulverig oder pappig oder matschig dalag, sondern sich von oben kommend immer weiter vermehrte. Sie nicht selten zum Schnaufen und Schlingern brachte. Zudeckte. Und fast erdrückte. Nicht wenige ihrer Vorgängerinnen hatten hier aufgesteckt. Und ihr Leben als Schneeschippe frühzeitig beendet. Doch sie hatte Durchhaltevermögen. Nicht zuletzt durch ihre intensiven FrühlingSommerHerbst-Phantasien, die sie ganzjährig wärmten.

Nachdem der letzte Schnee des Jahres gefallen war, der sie kaum noch zum Schnaufen und Schlingern gebracht hatte, hob die phantasiereiche Schneeschaufel spontan ihr gesamtes Erspartes vom Konto ab, machte sich auf den Weg zum Flughafen und kaufte sich ein Last Minute-Ticket in den Süden. Während des Fluges wurde sie von den anderen Passagieren und einigen Stewardessen zwar etwas komisch angeschaut. Aber das war ihr egal. Sie genoß den Blick auf die Wolken und nippte erwartungsvoll an ihrem prickelnden Piccolo.

Nach der Landung erkundigte sie sich sofort nach dem Weg zum Strand. Lief los. Kam an. Und suchte sich ein geeignetes Plätzchen.

Sie verbrachte den ganzen Tag mit geschlossenen Augen und ließ die Kraft der wärmenden MutterSonne auf sich wirken. Ließ sich zwischendurch immer wieder vergnügt und überaus leidenschaftlich vom Wasser, ihrem aufregenden Liebhaber, umspülen. Schlief am Abend glücklich eingemümmelt mit Schwester und Bruder Sand unter sternklarem Himmel ein. Und nahm sich vor, ihrem alten Vater Schnee morgen eine Postkarte zu schicken. Aus der neuen Heimat.

Aussteigen auf Zeit

Früher hatte sie ihre Arbeit über alles geliebt. Sie als ihre Berufung empfunden. Hart an ihrer Karriere und an ihrem kontinuierlichen Aufstieg gearbeitet. Und den großen Erfolg genossen. Früher... Aber zur Zeit war einfach die Luft raus. Die schunkelnden Massen auf den rustikalen Bänken machten sie nicht mehr glücklich. Und die vielen Nelkensträußchen und Geranientöpfchen und Plastikrosen und Plüschtierchen, die nach der Show auf die Bühne geworfen wurden, ließen ihr Herz auch nicht mehr höher schlagen. Ebensowenig wie die unzähligen Kisten voller Fanpost und Heiratsanträge, die ihr nach den Konzerten säckeweise zugingen.

Früher hatte sie sich gefreut. War nach dem Applaus und rhythmischen Klatschen fast süchtig gewesen. Heute war sie genervt und überfordert. Konnte ihren Fans nicht mehr mit dem üblichen Lächeln entgegentreten. Sagte Signierstunden und Preisverleihungen und Aufnahmen im Plattenstudio ab. Verärgerte ihre Fans. Und ihr Management. Und die anderen Mitglieder der Band.

War unzufrieden. Wurde mürrisch. Und manchmal depressiv. Und fühlte sich in ihrer eigenen Haut nicht mehr wohl. Sie ging zu ihrem Hausarzt. Der schickte sie zum Psychologen. Der schickte sie zum TiefenAnalytiker. Der schickte sie zur Selbsthilfegruppe. Die schickte sie zum Sabbatical.

Sabbatical? Was war denn das? Sie vermutete eine Sekte. Oder eine Gruppe mit satanistischen Absichten. Oder anti-satanistischen Absichten. Oder ganz was anderem Dubiosen. Aber nein. Weit gefehlt. Bei Sabbatical handelte es sich schlicht und einfach um das Aussteigen auf Zeit. Raus aus dem Alltag. Rein in die Freiheit. Zum Beispiel für ein Jahr. Selbstfindung auf Zeit. Mit Erlaubnis des Umfelds.

Wow. Darüber hatte sie noch nie nachgedacht. Einfach alles stehen und liegen lassen und los? Kaum vorstellbar. Sehr verlockend. Aber irgendwie auch komisch. Ein Jahr? Ganz allein? Irgendwo? Fern der Heimat und fern aller Lieben? Ohne das gewohnte Drumherum? Und wer versorgte in dieser Zeit die Katze? Und wer beantwortete die Fanpost? Fragen über Fragen. Aber so mußte das wohl sein. Meinten die anderen Mitglieder der Selbsthilfegruppe. Denn wer sich für

Sabbatical entschied, mußte Sabbatical auch wirklich wollen und leben.

Ja. Nach einigem Hin und Her in ihrem Kopf wollte sie. Wollte sich begegnen und ihren Weg finden. Erinnerte sich an ihre Wünsche vor der Karriere. Merkte, daß sie sich noch nicht allzu viele davon erfüllt hatte. Registrierte, daß es höchste Eisenbahn war, das nachzuholen. Organisierte alles Nötige und zischte los.

Kaufte sich ein Ticket. Flog über den großen Teich. Legte sich Cowboystiefel, scharfe Lederkluft und eine Harley Davidson zu. Tuckerte durch die Staaten. Ging ins Hardrockcafé. Ließ das erste Mal im Leben so richtig die Saiten quietschen. Fand coole, neue Freunde mit langen Haaren. Machte tagsüber die Highways unsicher. Verbrachte ihre Abende vor gemütlich flackernden und knisternden Lagerfeuern. Und war die wohl glücklichste Volksmusikgitarre der Welt.

Die sich nach einem Jahr schwer überlegen mußte, ob sie bei ihrem Sabbatical nicht auf lebenslang plädieren sollte. Die zuhausegebliebene Katze war schließlich gut versorgt. Die Fanpost wurde auch ohne sie beantwortet.

Und die vielen auf die Bühne geworfenen Nelkensträußchen und Geranientöpfchen und Plastikrosen und Plüschtierchen fehlten ihr nicht wirklich.

Echt dufte

Na super. Jetzt hing er schon seit drei Tagen bei diesem Idioten im Auto und duftete nach 'tannenfrisch'. So hatte es zumindest seine Verpackung versprochen. Er wußte zwar nicht, wie Tannen in der freien Wildbahn rochen. Aber er konnte sich nicht vorstellen, daß irgendetwas in der Natur so furchtbar roch wie er. Also blieb ihm nichts anderes übrig, als lustlos am Rückspiegel dieses Idioten zu baumeln und zu warten. Bis sein Gestank verrauchen würde.

Nur mit dem Gestank allein war es ja nicht getan. Er mußte auch ständig gegen seine Übelkeit ankämpfen. Und gegen den Höllenlärm aus den Boxen. Dieser Typ, in dessen Auto er hilflos am Rückspiegel baumelte, hatte erst vor wenigen Wochen seinen Führerschein gemacht, nahm die Kurven wie ein Verrückter und drehte das Radio volle Möhre auf.

Das Schicksal hatte es nicht wirklich gut mit ihm gemeint. Warum hatte er nicht bei einem Hutträger mit umhäkelter Klopapierrolle auf der Ablage landen können? Oder in einem Frauenautochen? Wo die Stofftierchen mit pümpelähnlichen

Saugnäpfchen an den Scheibchen montiert waren? Oder in einem großen Familienbus? Mit Grinsekatzen an den hinteren Fenstern? Oder bei jemandem mit lustigem Wackeldackel auf der Hutablage? Aber nein. Er war bei einem halbstarken Vollidioten gelandet, der sie beide noch umbringen würde. Und weit und breit nichts in Sicht, das ihn trösten könnte.

Als sie am Wochenende in die Disco fuhren, ahnte er nichts Gutes. Sie fuhren über eine schmale Landstraße, die immer wieder durch den Wald führte und sich durch besonders scharfe Kurven auszeichnete. Ihm wurde dabei so schlecht, daß er das Gefühl hatte, sich jeden Augenblick übergeben zu müssen. Aber da seine Aufgabe darin bestand, die Raumluft zu verbessern, konzentrierte er sich angestrengt auf diesen Job und beherrschte sich.

Als sie wieder in ein dicht bewachsenes Nadelwaldgebiet kamen, schaute er sehnsüchtig durch die Frontscheibe und wünschte sich inbrünstig, in seinem nächsten Leben als echte Tanne wiedergeboren zu werden. Und nie, nie, nie wieder als stinkender Wunderbaum aus Papier, der sisyphusmäßig dazu verdammt war, an einem Autorückspiegel vor sich hin zu vegetieren, während ein Idiot mit Schumi-Kappe brumm-brumm-machend am Steuer saß und das Gaspedal ohne Sinn und Verstand bleifußmäßig durchdrückte.

Als der Wagen dann von der Straße abkam und mit voller Wucht gegen eine der Tannen am Waldrand fuhr, wurde der Wunderbaum zehn Meter durch die Luft geschleudert, um schließlich in einer großen, matschigen Pfütze zu landen. Und während die Feuerwehr stundenlang damit beschäftigt war, den gerade 18jährigen Fahrer aus dem Sportcockpit seines tiefergelegten Autos zu schneiden, suhlte sich der papierne Duftbaum genüßlich in der matschigen Pfütze. Und inhalierte den intensiven Duft der echten Tannen, während er langsam aufweichte.

Kellenluder

Ihr Leben als Polizeikelle hatte sie sich ein bißchen anders vorgestellt. Nicht ganz so langweilig. Sie wurde immer nur in den Wind gehalten, um die Leute anzuhalten. Mal um den Führerschein und Fahrzeugschein zu überprüfen. Mal um den Alkoholgehalt des Fahrers zu prüfen. Mal um das Bußgeld wegen zu schnellen Fahrens direkt einzukassieren. Oder das Bußgeld wegen Fahrens ohne Gurt. Oder das Bußgeld wegen Fahrens mit Handy am Ohr. Ein echtes Abenteuer hatte sie noch nie erlebt. Keine wilde Verfolgungsjagd oder so.

Ihre Arbeitszeit war geregelt. Und die Kollegen ganz o.k. Das Kantinenessen war bescheiden. Eben das Übliche. An das man sich mit der Zeit gewöhnte. Normalerweise. Aber sie war nicht normal. Sie war etwas Besonderes. Und darum konnte sie sich mit diesem Leben auch nicht abfinden. Immer wieder nörgelte sie herum und klagte und machte sich dadurch nicht beliebter. "Sei doch froh, daß du nicht arbeitslos bist", sagten die einen. "Ich wäre froh, wenn ich einen Acht-Stunden-Tag hätte", meinten die anderen.

"Aber ich erwarte nun mal mehr vom Leben", dachte die Polizeikelle und kündigte ihren Job. Und machte sich auf die Suche. Nach einer Tätigkeit, die ihr gefiel. Das war gar nicht so leicht, wie sie bald merkte. In der Zeitung fand sie kein adäquates Angebot. Beim Arbeitsamt auch nicht. Sie schaute in diverse Stellenmärkte im Internet. Telefonierte sich die Finger wund. Schrieb Briefe, Faxe und e-mails. Fand aber keinen Job, den sie sich vorstellen konnte. Eigentlich kein Wunder, da sie ja nicht wußte, wonach sie suchte.

So vergingen die Tage und Wochen und langsam wurde die Polizeikelle unruhig. Irgendwann ging auch ihr Erspartes zur Neige, und dann mußte sie einen Job annehmen. Ob er ihr Erfüllung brachte oder nicht.

Um sich zu zerstreuen, erstand sie eine Eintrittskarte für die samstägige Abendvorstellung der 'Hot and Spicy Boys'. Einer Gruppe singender und tanzender heißblütiger Jünglinge aus Südamerika, die mit ihren halbgöttlichen Körpern erst die Bühne zum Schmelzen brachten, um danach die quiekenden Frauen im Publikum reihenweise in die Ohnmacht zu treiben. Das war genau das Richtige für ihr wundes Polizeikellenherz.

Den Rest der Woche verbrachte sie in freudiger Erwartung und am Samstag verschönerte sie sich den ganzen Tag im Bad vor ihrem Spiegel. Sie brachte ihr Äußeres zum Blitzen und Glitzern, so daß nicht wenige ihren beeindruckenden Anblick nur mit Sonnenbrille aushielten.

So kam es, daß auch die heißblütigen Südamerikaner auf sie aufmerksam wurden. Und sie nach ihrem schweißtreibenden Auftritt in ihre Garderobe einluden. "Du hast uns gerade noch gefehlt", kamen sie direkt zur Sache und umgarnten die überraschte Polizeikelle. "Du siehst gut aus und hast den notwendigen natürlichen Schwung", übersetzte der Manager der 'Hot and Spicy Boys'.

Daß sie darauf nicht früher gekommen war...

Noch in der selben Nacht unterschrieb die überglückliche Ex-Polizeikelle den Vertrag und ging als erstes Polizeikellen-Backgroundluder mit auf Welttournee der angesagtesten Boygroup.

Und nahm erst dann wieder Abschied von der Bühne, als sowohl ihr künstliches Hüftgelenk, als auch ihre dritten Zähne sie darum baten.

STOP
STOP
2001

Das Salz in der Suppe

Gemeinsam weilten sie auf dem zünftigen Abendbrottisch und schauten der vielköpfigen Familie beim Essen zu. Wie immer. Von Zeit zu Zeit wurde einer von beiden aus der rustikalen Vorrichtung genommen. Von einer in die nächste menschliche Hand gegeben. Und heftig durchgeschüttelt. Das jeweilige Streugut landete dann auf Tomaten, Eiern oder in Suppen.

Aber sonst war es ruhig. Angenehm. Ohne große Aufregung. Das Leben als Salzstreuer und Pfefferstreuer. "Was bin ich glücklich", dachte sich der Salzstreuer nicht selten. "Ist das langweilig", dachte sich indes der Pfefferstreuer, der gern mal ein bißchen was erlebt hätte.

Oft genug gerieten die beiden darüber in Streit. Nachts. Wenn die Menschen und alle anderen Gewürze bereits selig schliefen. Dann warf der Salzstreuer dem Pfefferstreuer seine Unausgeglichenheit vor. Und der Pfefferstreuer warf dem Salzstreuer im Gegenzug seine Spießigkeit vor. "Ich will was erleben", forderte der Pfefferstreuer. "Du undankbarer Pfefferstreuer", schimpfte der Salzstreuer, der dabei an all die benachteiligten Streuer der Welt dachte, die noch nicht mal ausreichend Inhalt in ihrem Bauch hatten.

Und so kam es, daß die beiden sich immer weiter voneinander entfernten. Der Pfefferstreuer suchte nach Abwechslung. Und der Salzstreuer wurde von Tag zu Tag unglücklicher. Weil er sich nicht vorstellen konnte und wollte, jemals ohne den Pfefferstreuer zu leben.

Doch es sollte noch schlimmer kommen.

Eines Tages kam die Hausfrau mit stolzgeschwellter Brust vom Einkauf nach Hause und brachte in ihrem großen Korb eine nagelneue Zuckerdose mit. Jedes der menschlichen Familienmitglieder bewunderte die neue Dose, die verspielt und sehr goldig war. Mit einer kleinen Öffnung, die fröhlich piepste, wenn sie bedient wurde.

Während der spießige Salzstreuer die neue Zuckerdose mit äußerster Skepsis beobachtete, war der Pfefferstreuer hin und weg. Er schien das süße Ding schier mit Blicken zu vernaschen. Was dem Salzstreuer natürlich nicht verborgen blieb. Und was ihn nicht glücklich machte. Und je mehr der Pfefferstreuer aufblühte, desto tiefer sackte der traurige, arme Salzstreuer in sich zusammen. Selbst die nächtlichen Streitigkeiten schienen dem Pfefferstreuer nichts mehr zu bedeuten. Nicht selten verbrachte dieser seine Zeit mit der neuen goldigen Zuckerdose, die immerzu lachte und fröhlich vor sich hinpiepste.

Und so war es lediglich eine Frage der Zeit, bis die beiden streuseligen Turteltauben gemeinsam das Weite suchten. Zurück blieben dem traurigen Salzstreuer nur ein paar schwarze Pfefferkörner und ein gepefferter Abschiedsbrief, der ihm die Tränen in die Augen trieb.

Doch was half alles Klagen? Das Leben ging weiter. Und so verbrachte der Salzstreuer seine Tage und Wochen und Monate und Jahre weiterhin in seiner rustikalen Vorrichtung auf dem Eßtisch der Familie. Von wo aus er allabendlich von einer menschlichen Hand in die nächste gereicht und heftig durchgeschüttelt wurde. Wobei das jeweilige Streugut dann auf Tomaten, Eiern oder in Suppen landete.

Zwischendurch bekam er Postkarten aus Südamerika, auf denen der Pfefferstreuer über seine Befindlichkeit oder das Wetter tratschte. Kein Trost für den Salzstreuer, der immer mehr vereinsamte. Und nicht verstehen konnte, warum der Pfefferstreuer ihn für eine jüngere - noch dazu piepsende - Zuckerdose verlassen hatte.

Und während die Tage und Wochen und Monate und Jahre so ins Land gingen, blieb dem Salzstreuer dann doch nichts anderes übrig, als sich mit seiner Situation abzufinden. Er besuchte etliche Kurse an der Volkshochstreuerschule und engagierte sich in seiner Freizeit in StreuerInnengruppen. Und war anfangs baß erstaunt, wie vielen SalzstreurInnen es ähnlich ergangen war wie ihm.

Als der Pfefferstreuer nach Tagen, Wochen, Monaten oder Jahren reumütig aus Südamerika zurückkehrte, war der Salzstreuer nicht mehr jung und dumm. Sondern alt und schlau. Und sah den Pfefferstreuer mit ganz anderen Augen. Was natürlich nichts an seiner Liebe - aber einiges an seinem Verhalten änderte.

Der Salzstreuer bestand fortan auf einem eigenen Zimmer, getrennten Betten, Urlauben und Konten, freien Abenden, kulturellen Events, wochenendlichen Tanzveranstaltungen, sowie umfangreichster Unterstützung im Haushalt.

Und während der Pfefferstreuer nun tage-, wochen-, monate- und jahrelang kleinlaut seinen Pflichten nachkam, genoß der Salzstreuer sein neues Leben in vollen Zügen. Und brach eine Lanze für seine Spezies, indem er den bekannten Satz vom unentbehrlichen 'Salz in der Suppe' kreierte. Ohne das es eben nunmal nicht ging.

2001

Love is in the air

Die Wolken bevölkerten den Himmel. Die Sonne schien auf sein gelbes Blech. Der Wind streifte seine seitliche Klappe. Und er fragte sich, warum er eigentlich so traurig war. Er hatte immer zu tun. Er beherbergte wichtige Fracht. Er wurde beachtet. Er wurde gebraucht. Und es sah nicht so aus, als würde sich das in naher Zukunft ändern.

Andere Briefkästen zeigten sich dankbar und zufrieden. Waren sehr stolz auf ihren Job. Kannten und liebten ihre Aufgabenstellung. Fieberten der täglichen Leerung und dem Weiterklappen des Terminschildes entgegen. Ergaben sich in die großen Postsäcke. Und stellten nicht alles in Frage. Er erwartete mehr von seinem Dasein. Glaubte an eine Zukunft, die weniger einsam sein könnte. Hatte Sehnsucht. Tiefe Sehnsucht nach der großen Liebe.

Er beobachtete alle Menschen, die Briefe in seinen Schlitz warfen. Achtete genau auf ihren Gesichtsausdruck und ihre Handhaltung beim Einwerfen. Hatte ein untrügliches Gespür dafür entwickelt, ob es sich um Geschäfts- oder Privatpost handelte. Um Angenehmes oder weniger Angenehmes oder um Aufregendes. Um Annäherungen oder Aufforderungen oder Abschiede.

Vor dem Einschlafen las er sie dann. Die Post, die ihm beim Einwerfen besonders interessant erschienen war. Konnte es einfach nicht lassen. Erfuhr die Komödien und Tragödien der Nachbarschaft. Die Gründe und Abgründe. Wahrheiten und Eitelkeiten. Notwendigkeiten und Vorschiebereien. Anfragen und Schnüffeleien.

In Mode waren zur Zeit die Vaterschaftsnachweise. Nicht selten hielt er den Geruch in seinem Kasten kaum aus. Den Gestank von verdächtig verfärbten Unterhosen, Rotzfahnen und Kippenresten. Zwecks verbindlicher Nachweislieferung. Für die unehrenhaft verlassene Ehefrau mit Kleinkind. Oder den kuckuckseigeschädigten Ex-Mann.

Unterhalt oder Sozialhilfe. Das war hier die Frage...

Doch da das Wetter sich seit einigen Tagen von seiner sonnigen Seite zeigte, berherbergte der Briefkasten wieder erbaulichere Fracht. Frühling sei Dank. Fanden die blumigen Liebesbriefe wieder ihren Weg in seinen Schlitz. Morgens.

Mittags. Abends. Nachts. Parfümierte Schwüre. Versiegelte Schwärmereien. Geheime Offenbarungen. Und obwohl er sehr wohl wußte, daß diese Briefe alle vertraulich waren, konnte er nicht widerstehen. Jeden einzelnen verschlang er wie ein Ausgehungerter.

Doch zurück blieb nur die Sehnsucht...

Eine besondere Vorliebe hatte er für Briefpapier mit weißen Tauben im Emblem. Deren kleine Füßchen mit roten Herzen geschmückt waren. Wenn er einen solchen Brief im Kasten hatte, konnte er vor Aufregung kaum den geschriebenen Inhalt entziffern und zitterte so sehr, daß seine Klappe leise quietschte.

Doch es machte ihn nicht wirklich glücklich, Liebesbriefe zu lesen, die nicht an ihn gerichtet waren. Nein, danach fühlte er sich sogar noch einsamer als zuvor. Also dachte er fortan intensiv darüber nach, was er dagegen tun könnte. Warum sollte er nur Briefe von Fremden befördern und niemals eigene Post erhalten? Nein, so konnte es nicht weitergehen. Und so kam es, daß der einsame Briefkasten irgendwann zur Tat schritt und eine Bekanntschaftsanzeige aufgab.

air mail
2001

Und kaum glauben konnte, daß er in den nächsten Wochen mit Post schier überschüttet wurde. Mit parfümierten Schwüren. Versiegelten Schwärmereien. Und geheimen Offenbarungen. Begeistert verschlang er die nun an ihn adressierten Briefe und war überaus glücklich. Er schaute sich die Fotos an, beantwortete alle Zuschriften und kam sich sehr geliebt vor. Aus all den Einsendungen entschied er sich schließlich für eine ledige Flaschenpost, die ihn mit einem Brief überzeugt hatte, bei dem weiße Brieftauben im Emblem waren, die rote Herzen an ihren Füßchen hatten.

Und wanderte bald mit ihr aus. Gemeinsam. Voller Hoffnung. Und Ideen. Ins Land der unbegrenzten Möglichkeiten. Wo sie flugs einen speziellen Übersee-Liebesbrief-Versandservice gründeten, bei dem nur weiße Brieftauben mit roten Herzen an den Füßchen im Außendienst tätig waren.

Der Duft der Heimat

Er stand an seinem angestammten Platz in der Backstube und träumte von seiner sonnigen Heimat, die er noch nie gesehen hatte. Außer auf Fotos. Oder im Fernsehen. Seine Eltern waren in ihrer Jugend ausgewandert, um ihren Kindern ein besseres Leben zu bieten.

Sein älterer Bruder war noch dort zur Welt gekommen. Er nicht. Er war ein Nachzügler. Und konnte nur sehnsüchtig den Geschichten seiner Mutter lauschen, wenn sie abends in Erzähllaune war. Dann atmete er auf. Spürte die wärmende Sonne. Den Wind, der sanft durch die Wälder und über die Seen streifte. Die Erde, die eher rauh und brockig war. Und seine nackten Fußsohlen kitzelte.

Aber seine Mutter war in letzter Zeit immer seltener in schwelgiger Erzähllaune. "Was willst du immer diese alten Erinnerungen hören, du Träumer? Hier geht es uns besser. Hier herrscht Frieden und hier werden wir satt und haben es bequem", gab sie ihm zu bedenken. Und damit war das Thema für sie dann auch schon durch.

Für ihn nicht. Je weniger er hörte, desto mehr stellte er sich mit Hilfe seiner Phantasie vor. Stellte sich vor, wie eine Backstube in seiner Heimat wohl aussah und wie lecker es dort roch. Und wie die Brote aussahen, die dort entstanden. Er hatte Sehnsucht. Nach der unbesehen vertrauten Heimat seiner Vorfahren. Und nach Broten, in denen Knoblauch, Oliven, Kräuter und exotische Gewürze eingebacken waren. Er konnte nicht verstehen, warum seine Mutter von diesen Gefühlen nichts mehr wissen wollte.

Das laute Quietschen seiner Tür, die der Lehrjunge öffnete, um die fertiggebackenen Weizenmischbrote aus ihm heraus zu holen, schreckte ihn unsanft aus seinen Tagträumen hoch und erinnerte ihn daran, daß seine Heimat so weit weg war, daß er sie vielleicht niemals sehen würde. Und das machte ihn sehr traurig. Und ließ ihn erst wieder zur Ruhe kommen, als der Bäckermeister die Backstube am Abend als letzter verlassen hatte.

In dieser Nacht träumte er wieder von seiner Heimat. Von einer schlichten Backstube aus Holz und Stein. Einfach, aber wunderschön.

Als er am nächsten Morgen aufwachte, stand sein Entschluß fest. Er hatte es hier zwar gut. Und sein Arbeitgeber war auch relativ nett. Aber er war ein Backofen, der fast umkam vor Heimweh. Und den hier nichts hielt. Er wollte weder eine doppelte Staatsbürgerbackofenschaft, noch eine einfache hiesige Staatsbürgerbackofenschaft. Nein, er wollte einfach nur dort leben, wo sein Herz zuhause war.

Also packte er seine Bleche und zog los. Und war Wochen unterwegs, bis er endlich in sein Heimatland kam. Freute sich. Umarmte alle Menschen, die ihm begegneten. Und schaute überall nach einer passenden Backstube. Doch das war gar nicht so einfach. Die Häuser und Backstuben waren durch den langjährigen Krieg in seinem Heimatland zum großen Teil völlig ausgebombt.

Und die Menschen waren zu arm, um irgendetwas wieder aufzubauen. Da wurde der Backofen sehr traurig und war fast versucht, in sein ehemaliges Lebeland zurückzugehen. "Dann würde ich es mir aber sehr einfach machen und mit meiner Heimatliebe wäre es auch nicht so weit her", schimpfte er sich selbst und beschloß, dazubleiben. Um das zu machen, was er am besten konnte. Brote backen. Und da er keine eigene Backstube fand, buk er einfach auf der Straße. Die Menschen konnten kaum glauben, was sie rochen. Das mußte Jahre her sein, daß dieser besondere Duft durch die Straßen ihrer Heimat geströmt war.

Der Duft von noch warmem Brot, in das Knoblauch, Oliven, Kräuter und exotische Gewürze eingebacken waren. Ihr typisches Brot, das sie so sehr liebten. Seine Backkünste sprachen sich schnell herum und so kamen die Menschen aus allen Teilen der Stadt, um es zu probieren. Jeder brachte eine Zutat mit und auf diese Weise war immer genügend Brot für alle da. Und während die Menschen zusammenkamen und das frischgebackene Brot probierten, erzählten sie sich ihre Schicksale und Geschichten. Und wenn der Backofen abends alleine war, ließ er all die Erzählungen und Erlebnisse des Tages Revue passieren und schrieb sie auf.

Eines Tages passierte es dann, daß einige der Zettel mit den aufgeschriebenen Geschichten unbemerkt in den Teig fielen und später in einigen der Brote wiedergefunden wurden. Das verbreitete sich wie ein Lauffeuer und gefiel den Menschen

so gut, daß sie fortan nur noch nach 'Geschichten-Broten' fragten. Zum Trost. Und zur Hoffnung.

Und damit die Produktion für den Backofen leichter war, packten alle Menschen gemeinsam an und bauten ihm aus den Überresten, die den Krieg überlebt hatten, eine schlichte Backstube aus Holz und Stein. Einfach, aber wunderschön. Wie in seinem früheren Traum.

Und es dauerte nicht lange, da war seine kleine, aber feine Geschichten-Backstube in aller Welt bekannt. Und die exotisch gewürzten Oliven-Knoblauch-Kräuter-Geschichten-Brote wurden weltweit nachgefragt. Und der heimgekehrte Backofen war sehr froh darüber, auf diese Art Tag und Nacht daran arbeiten zu können, daß die Heimat seines Herzens, nach der er sich so lange gesehnt hatte, auch Wirklichkeit wurde. Grenzenlose Wirklichkeit.

Appetit auf noch mehr Literarische Tapas

der Roten Rudnitzki Reihe?

Einfach rauspicken und druckfrisch genießen!

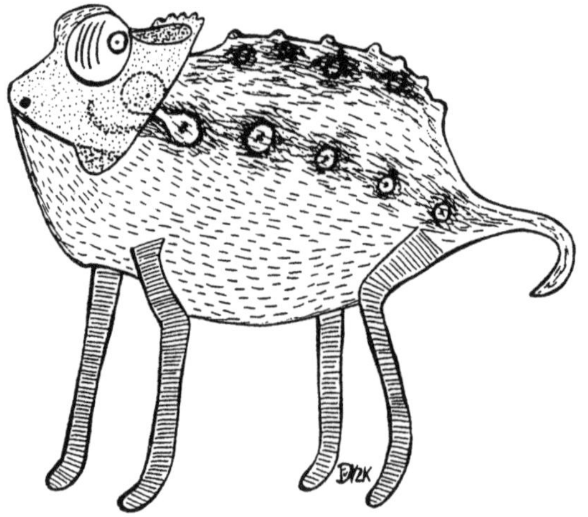

Mensch, du kannst mich mal... erraten
[interaktives Trainingsbuch für Quizzer]

von Diana Rudnitzki

"Ein ehrliches Spiel unter guten Freunden ist ein redlicher Zeitvertreib" meinte schon Voltaire und würde sich damit heute in guter [!?] Gesellschaft befinden. Denn auch das Quiz hat wieder Hochkonjunktur. Eine echte Revolution der Möglichkeiten. Erkämpfte man sich im Sturm auf die Bastille noch Freiheit, Gleichheit und Brüderlichkeit, so gilt heute die vereinfachte Version 'Gleiches Recht für alle'. Wer was weiß, kommt ins Fernsehen und wer nichts weiß, auch.
Oder wissen Sie etwa, wie eine Veilchenschnecke duftet, eine Strumpfbandkröte aussieht, ein Sherryhahn torkelt oder welchen Speed ein indischer Rennvogel drauf hat? Nein? Macht nix. Dann kochen Sie sich doch einfach was Gutes mit ihren Freunden, denn heute würde der Feinschmecker Voltaire sicher anderes empfehlen: "Ein BSE-freies Essen mit guten Freunden ist ein redlicher Zeitvertreib." [siehe Gewinn... äh... Rezeptteil...!]

Ein Buch für alle Menschen mit Humor,
die Spaß am Raten, Kochen und Genießen haben.

ISBN 3-8311-0860-9

ISBN 3-8311-0819-6

ISBN 3-8311-1113-8

Arbeitswelten 1 & 2

Geschichten von der Verknappung Humanen Kapitals

von Diana Rudnitzki & illustriert von Alexander Bauer

>>Arbeitswelten<<, die >>Geschichten von der Verknappung Humanen Kapitals<< drehen sich um das zentrale Thema des 21. Jahrhunderts: Immer mehr Möglichkeiten und immer weniger Toleranz und adäquater Umgang mit den 'Human Resources'.

Ist die Menschlichkeit bereits ein Auslaufmodell? Oder gar die Menschheit? Gibt es bald nur noch Avatare? Wer kann den heute zur Verfügung stehenden Input noch verwerten? Was ist Dienstleistung? Wie lange behält man seinen Arbeitsplatz? Was muß man dafür tun? Oder: Was sollte man dafür nicht tun? Wieviel Risiko erträgt ein Mensch? Wird das, was man macht, überhaupt als sinnvolle Arbeit wahrgenommen?

Diese Fragen werden in den Geschichten von der Verknappung Humanen Kapitals nicht gestellt. Oder vielleicht doch?

Und was haben **Ärzte, Aufsichtsräte, Büroinsassen, Entsorger, Finanzberater, Handwerker, Hausfrauen, Hotliner, Kellner, Literaturkritiker, Museumswärter, Polizisten, Taxifahrer, TV-Kandidaten** und **Vorstände** damit zu tun?

Oder **Bestsellerautoren, Existenzgründer, Kassiererinnen, Köche, LKW-Fahrer, Priester, Sachbearbeiterinnen, Schrotthändler, Sicherheitsbeamte, TV-Moderatoren, Vorstandsassistentinnen** und **Wahrsagerinnen**?

Nicht lange fragen - einfach loslesen!

Konfuses Welt

von Diana Rudnitzki

Welche Familie kennt das nicht? Del Vatel will immel Lecht haben, del Sohn ist 'fett' dlauf, die Tochtel fühlt sich zu dick und die Muttel legelt die Dinge mit emotionalel Intelligenz. "Wohnzimmel live" lautet Familie Konfuses Motto und damit gleifen sie mitten lein ins intelnationale Vatel-Muttel-Kind-Leben. Ob asiatisch, eulopäisch, amelikanisch odel weltbülgelich, hiel ist man Familie, hiel dalf man sein.
Ob Big Blothel, Quizshow, dlohende Albeitslosigkeit, geschlechtsspezifische Lollenvelteilung, Wechseljahle odel Midlife Clisis, selbst Konfuses Haustiele haben ein Lecht auf eine eigene Meinung ...

>>Konfuses Welt<< sind Caltoons fül die ganze Familie, denn...

>>...Familie ist... wenn man sich tlotzdem zusammenlauft...<<
[... meinen Hell und Flau Konfuse]

ISBN 3-8311-0923-0

Scharaden der Liebe

Aphro di Siakas Geschichten fürs Tigerfell

von Diana Rudnitzki & mit Illustrationen von Alexander Bauer

>>Scharaden der Liebe, Aphro di Siakas Geschichten fürs Tigerfell<< eignen sich für alle Leserinnen, die sich gerne selbst verwöhnen, indem sie es sich auf ihrer Couch gemütlich machen, sich dabei am liebsten in ihre Schmusedecke einkuscheln, dazu vielleicht ein Glas Champagner genießen, ein paar Pralinen naschen und für die Länge eines fesselnden Buches gerne die Welt um sich herum vergessen.

Swana, die Chefredakteurin einer erfolgreichen Frauenzeitschrift, nimmt sich das Manuskript einer unbekannten Autorin am Wochenende mit nach Hause, und kann es nach den ersten Zeilen nicht mehr aus der Hand legen. Sie erfährt dabei, was die Yuppie-Göre Sonya für ein Spiel spielt, erlebt mit der Stewardess Tamara eine traumhafte Geschichte, lernt Fionas unternehmungslustige Hündin Bella kennen und begleitet die Malerin Rachel auf ihrer orientalischen Reise...

Welche Autorin sich hinter dem Namen Aphro di Siaka verbirgt, möchte sie gerne wissen, doch das bleibt ein Geheimnis.

Scharaden der Liebe [Aphro di Siakas Geschichten fürs Tigerfell] - ein Buch über Romantik, Liebe, Leidenschaft, Schicksal, Märchenreisen und Traumwelten. Ein Buch für alle Frauen, die wissen, was sie nicht wollen und sich nehmen, was sie wollen...

⇒ Ein Kuschelbuch der Extraklasse...

ISBN: 3-8311-1206-1

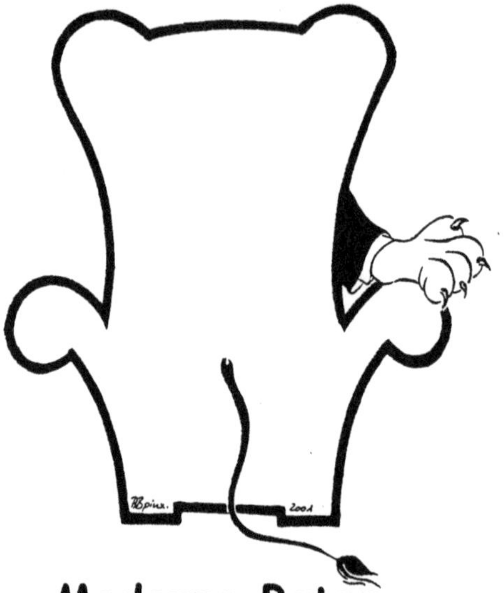

Moderne Paten

[Leonina societas / Löwengemeinschaft]

von Diana Rudnitzki mit Illustrationen von Alexander Bauer

Steckbrief eines Modernen Paten:

Beruf: Entscheider
Motivation: Verantwortung
Ziel: Erfolg
Strategie: Vernetzung
Instrument: Macht
Zeitrahmen: e-time
Preis: Dünne Luft

Und was haben Giovanni Agnelli, Theo und Karl Albrecht, Bernard Arnault, Claude Bébéar, Franz Beckenbauer, Bernardo Bertolucci, Sonia und Willy Bogner, Rolf Bossi, Hubert Burda, Hillary Clinton, Francis Ford Coppola, Bernie Ecclestone, Ernest, Julio und Gina Gallo, Bill Gates, Jean-Paul Gaultier, Chris Gent, Alan Greenspan, Hugh M. Hefner, Kai Hiemstra, Dieter v. Holtzbrinck, Leo Kirch, Martin Kohlhaussen, Hilmar Kopper, Karl Lagerfeld, Jutta Limbach, Jean-Marie Messier, Gérard Mestrallet, Reinhard Mohn, John de Mol, Rupert Murdoch, August Oetker, Jorma Ollila, Heinrich v. Pierer, François Pinault, Johanna Quandt, Stefan Quandt & Susanne Klatten, Marcel Reich-Ranicki, Johann Rupert, Jürgen Schrempp, Gerhard Schröder, Steven Spielberg, Friede Springer, Beate Uhse, Siegfried Unseld, Wolfgang Wagner, Johann Wanner, Jack Welch, Hiroshi Yamauchi & Jerry Yang damit zu tun...?

⇒ Ein Buch für erfolgreiche Visionäre und Entscheider

ISBN 3-8311-1338-6

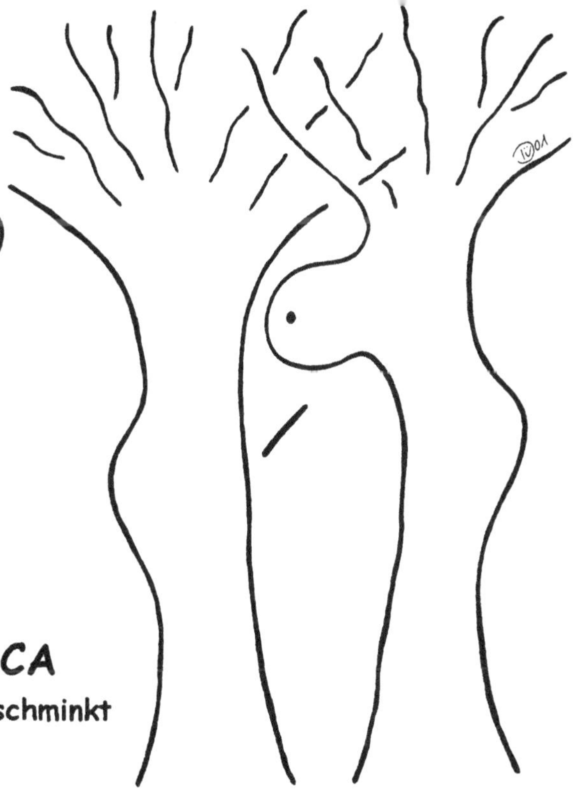

POETiCA EROTiCA

HEiSSE STRiCHE ungeschminkt

Malbuch für Erwachsene

Poesie...
Erotik...
Reiz...
Begierde...
Lust...
Leidenschaft...

Wenn Sie die vorgenannten Begriffe langweilen, lesen Sie jetzt bitte nicht weiter...

Wenn es Sie hingegen brennend interessiert, was **Balzac, Fontane, Heine, Herder, Goethe, Nietzsche, Novalis, Platon, Proust, Rilke, Rousseau, Schiller, Shakespeare, Spinoza, Tucholsky, Voltaire und andere...**
dazu zu sagen haben - blättern und schmökern und genießen Sie...

POETiCA EROTiCA bietet
⇒ **33 illustrierte Aphorismen...**
⇒ **die heiß machen auf mehr...**

ISBN: 3-8311-2134-6

Kinder sind eine Brücke zum Himmel
[...was die Welt vom Kindsein hält...]
Malbuch der Völker für kleine und große Brückenbauer
von Diana Rudnitzki

William Shakespeare hielt Kinder für einen Segen Gottes. Michel Eyquem de Montaigne war der Meinung, daß der Respekt die Kinder an ihre Eltern bindet. Novalis bezeichnete Kinder als sichtbar gewordene Liebe, und Friedrich Nietzsche vermutete, daß im echten Manne ein Kind versteckt sei, das spielen will. Albert Einstein gab zu bedenken, daß es keine großen Entdeckungen und Fortschritte geben könne, solange es noch ein unglückliches Kind auf Erden gibt. Fjodor M. Dostojewskij war überzeugt davon, daß durch den Umgang mit Kindern die Seele gesundet. Simone de Beauvoir hielt jedes zur Welt gekommene Kind für einen Mensch gewordenen Gott. Und Pearl S. Buck wußte, daß Kinder, die man nicht liebt, oft zu Erwachsenen werden, die nicht lieben können.
Aber was sagen eigentlich die Völker zu ihren Kindern? Was denken die Menschen in **Abessinien, Angola, Arabien, Äthiopien, China, Dänemark, Deutschland, England, Estland, Frankreich, Indien, Japan, Kongo, Kurdistan, Liberia, Mozambique, Nigeria, Persien, Sambia, Sudan, Tschad und Uganda** über ihre Kinder?
Das vorliegende Büchlein bietet Einblicke und Ausblicke, Gedanken und Hoffnungen zum Thema Kindsein.
⇒ **33 illustrierte Volksweisheiten...**
⇒ **die Hoffnung geben auf Globalisierung der Menschlichkeit...**

ISBN: 3-8311-1608-3

Alter Ingwer ist der schärfste

[...was die Welt von der PostJugend hält...]

von Diana Rudnitzki / mit Illustrationen von Alexander Bauer

Robert Musil war der Meinung, daß keine Grenze mehr zum Schmuggeln verlocke als die Altersgrenze. Aristophanes glaubte, daß das Alter nur eine zweite Kindheit sei. Marie von Ebner-Eschenbach war überzeugt davon, daß 'alt werden' 'sehend werden' heißen muß. Und Tolstoi wußte, daß das Alter Freiheit, Vernunft, Klarheit und Liebe bedeutet.
Heute nennt man sie 'Great Silver Market', 'Senioren', 'Reifere Jahrgänge' oder 'Ältere Semester'. Aber richtig attraktiv will die Gesellschaft das Älterwerden nicht mehr finden. In einer Zeit, in der die Jugend mythologisiert und das Alter dämonisiert wird, fehlen oftmals verbindliche Worte, die dem Thema gerecht werden.
Aber was sagen eigentlich die Völker zu ihren PostJugendlichen? Was denken die Menschen in **Albanien, Angola, China, Deutschland, Frankreich, Ghana, Italien, Kenia, Nigeria, Norwegen, Schottland, Slowenien, Tschad und Uganda** über ihre 'Alten'?
Das vorliegende Büchlein bietet Einblicke und Ausblicke, Gedanken und Hoffnungen zum Thema Alter.

⇒ **33 illustrierte Volksweisheiten...**

⇒ **die Hoffnung geben auf Empathie und Toleranz**

ISBN 3-8311-1800-0

Franz Grillparzer meinte, daß Trauernde sich überall verwandt sind. Erich Fromm befürchtete, daß die meisten Menschen ebenso wenig trauern wie lieben können. Fjodor M. Dostojewskij glaubte daran, daß Tränen das Herz reinigen können. Jules Renard vermutete, daß er den Himmel in Holzschuhen betreten würde. Rainer Maria Rilke schrieb, daß der große Tod, den jeder in sich hat, die Furcht ist, um die sich alles dreht. Jean Paul ging davon aus, daß es vor und nach dem irdischen Leben kein irdisches, aber doch ein Leben gibt. Friedrich Schiller schrieb, daß der Tod ein mächtiger Vermittler sei, der alle Zornesflammen auslöscht. Und Häuptling Seattle erzählte davon, daß die Toten fortleben in den süßen Flüssen der Erde, zurückkehren in den leisen Schritten des Frühlings, und daß es ihre Seele ist, die im Wind kommt und die Oberfläche der Seen kräuselt.

Aber was denken eigentlich die verschiedenen Völker der Erde über das Abschiednehmen? Wie empfinden die Menschen in **Arabien, Äthiopien, China, Deutschland, England, Frankreich, Ghana, Indien, Irland, Japan, Kenia, Madagaskar, Mozambique, Ostafrika, Persien, Philippinen, Rußland, Senegal, Südafrika, Tansania, Tschad und Uganda** ihr Trauern?

Das vorliegende Büchlein bietet Einblicke, Ausblicke und tröstende Gedanken zum Thema Trauer.

⇒ **33 illustrierte Volksweisheiten...**

⇒ **ein Trostbuch der etwas anderen Art...**

⇒ **für alle Trauernden und Abschiednehmenden dieser Welt**

ISBN: 3-8311-1801-9